詩と思想新人賞叢書 16

追伸、この先の地平より

雪柳あうこ

土曜美術社出版販売

詩と思想新人賞叢書16

追伸、この先の地平より

筆跡

異国からの西風に乗って
ことり、とポストに落ちた
青い縁取りの封書には
癖の強い右上がりの文字

強い筆圧が作った
わたしの住所と名前の、くぼみ

いつか渡したあの万年筆で
記したのだろうか
わたしのかたちをした凹凸をなぞれば
指先に感じ取れる
わたしを記す間に、くぼんだ
手と腕の下の机や
ペンを動かす血肉の温みを

柔らかく、わたしのかたちにくぼむ
あなたを

手紙の合間から
はらり、と胸に落ちた
青い栞の中を過ぎるのは
いつか二人の間を吹き抜けた風

お元気ですか
変わらずにいて下さい
わずかな凹凸に宿る祈りが
明日のわたしを生かす
何よりの糧であることを
わたしの言葉で存分に
伝えられるその日まで

返信のためにペンを取る
わたしの手があなたのかたちに、くぼむ

目次

柔らかく　わたしのかたちにくぼむ、あなた

わたしの手が　あなたのかたちに、くぼむ

カバー写真撮影／齋藤陽道

追伸、この先の地平より

強い筆圧が作った　わたしのかたちの、くぼみ

黄色の先へ

黄色く点滅を続ける
海際の信号機を
見たことがありますか

都会の真夜中のそれとは違う
人も車もほとんど通らない
陽炎立ちのぼる　海際のT字路では

朝も昼も夜も

三色の真ん中だけが
ずっと明滅しているのです

注意せよ？
いいえ

注意して、進め

べたつく潮風にすっかり錆びた
ガードレールに足をかけ

船でも、波に乗るでもなく
黄色い許しと
飛び越す己の脚力だけで

深く広く横たわる巨大な質量を
越えていきたいのです

黄色く点滅を続ける
海際の信号機が
潮風に揺らぐのが見えたなら

遠くへ

注意して進め？
いいえ
おもむくままに、進め

地平線

どうして見たことがなかったの
地平線
当たり前の光景なのに

ようやく出会えた
五十年後のわたしに問われれば

あなたも覚えているだろうけれど
旅路で投げられた罵詈雑言の礫が

膿んで熱を持ち視野を奪ったとか
友と旅した砂漠で置き去りにされ
美しいはずの光景を見逃したとか

本当は理由にならないことたちを
もごもごと並べ立てて
言い訳にするしかない

そこに荷物を置いていい
背負ったままでもいい
前やら上やら未来やらではなく
今はこの指先だけを見るといい
怖いなら薄目でもいい、大丈夫

空と大地を命の色に染めながら
太陽がただ沈む

声をあげて泣きだしたい

果てなき遠くにあって
果てなき遠くにしかないのだと
信じ込んでいた

荷物は下ろしてもいいし
背負ったままでもいいのだと
後ろでも下でも過去でもなく
皴がれた指先をただ何気なく
見つめるだけでもいいのだと

光溶ける地平線

まだ、知らないことがたくさんある

この先はどうなっているの
子どものように尋ねたら

黄昏時、誰彼時
五十年後のわたしの顔は
ほんの少し、笑っているようだった

森

ベランダで、森を育てている

今ではすっかり生い茂り
立ち並ぶ樹々に羊歯はまとわりつき
湿った土には赤子の肌のような苔が生える

濃い緑の気配に引き寄せられ
細いせせらぎに鹿が口をつけに
立ち寄るまでになった

巨木に鳥は巣をかけて
卵から孵る雛が高い声で鳴き
忍び寄る蛇の動きを押さえている

繰り返す虫たちの生死
花が咲いて散って
度重なる台風にも耐え抜いた

ベランダで、森を育てていたつもりだったが

気づけば
深い森に、じっと見つめられている

育てるなどというのが
烏滸がましいほど
完璧な深緑の世界からすれば
リビングで、私を育てている

そして
何年経っても成さぬ実を
密かに、案じているのかもしれない

刻の森

深い森へと出かけてゆく
二十年前と同じ曲を耳に流し込みながら
ふとすれ違う人に会釈をして
水筒、少しばかりの食料、雨具を背負い
緑の懐の中へ

深い森の奥に踏み込めば
二十年前のわたしたちが歩いている
ふとすれ違う人に挨拶をして

もしかしたら、生まれてくる前にも
あなたと歩いたのかも知れない

深い森は夢を見ている
わたしたちは、その中をさまよう
二十年前だと思った
でも、二百年前かもしれない
あるいは、二千年前かもしれない

草を食む鹿を狙って射掛ける矢
争いに流れた血を含む生臭い泥
人目を忍んだ逢瀬の形に窪む苔
足下の羊歯は秘密の全てを覆い
団栗は真理に沈黙して永く眠る

深い意思の中で交差する
わたしたちは歩き続ける
ふとすれ違う人に手を伸ばして
わたしたちの歩みこそが
森の見ている夢かもしれない

生まれ変わっても　また
あなたを　いとしく思うだろうから

深い森へと出かけてゆく
何十年、何百年、何千年先でも
ふとすれ違う人を抱擁して
過去と未来を胸に抱き直す

緑の懐の中で

ほどける

わたしの背中から
蔓が伸びている
手入れもしていないので
すっかり、伸び放題だ

昔は、蔓の隅々に神経を巡らせて
目を惹くように飾り立ててみたり
複雑な縞模様を編み込んでみたり
あなたやきみを誘い込んでみたり

そんなことも、してみたけれども
最近はもう、すっかり力が抜けて
あるがままに任せている

するりと、
　あるいはずるりと、
ほどけて、
　あなたが、きみが、あの人が
風に千切れていく

それが自然よ、植物はいつか枯れるのよ
土いじりをする、遠い日の母の声がする

わたしがほてほてと
歩き過ぎた後
ほどけた蔓は伸びきって
道を、作っている

わたしのかたちをした細い道は
いつか
千切れながらも、ふぅわりと
広がるだろう

そのとき、羽のように
舞い上がろう

まだ、蔓のそこここに
流行りだった髪飾りも
緩く残った編み込みも
あなたやきみの残骸も

少しずつ残したままで

ほどけ
　ほどけて

遠く、暁の空まで

たもと

昔、昔、それは昔
ひとけのない灯台のたもとで
人の形をした暗闇に
深く、抱き竦められたことがある

昼間は虹が生まれるという
その灯台は
滑らかな海を水平まで照らし
永く水難を防いでいるそうだ

けれど、たもとは一番暗い

心臓はすぅっと冷えて
流れる血が黒く凍った
泣いても喚いても
暗闇は、わたしを離してくれなかった

肩越しに、灯台の明かりが
空をぐるんぐるんと照らす
誰かを導く光がくっきりと
夜空を分かつのを見ながら

わたしは死んだ

あれから何百年

あの明るい灯台のたもとに
今も、わたしの亡骸はある
暗闇の爪痕を肩口に残したまま
サーチライトはあたらないまま

誰か、誰か、そこのあなた
いつか、あの灯台が綻んで
新たな明かりを点ける時は
どうか

亡骸の願いを、叶えてやってほしい

人に闇を巣食わせることなく
水平を有意に区切ることなく
誰からも見つからないままの
失われた何百年に届くものを

そしていつか、亡骸を
土に返してやってほしい
深い影のない
光のたもとへ

刹那

乳房を不意に鷲づかみにした風が
過ぎたからといって油断は出来ないよ

ありとあらゆる呪詛を吐きながら
辿る満月の下

刹那の出来事だと
人は笑うでしょう
それでも

明るく美しい月があっても
夜を被った悪意がある限り
安堵することなど出来ない

ざっくりと切りつけられても
カッターナイフだから傷は浅いと
絶望は誰かに価値をはかられる

刹那は恐ろしい

さぁ月見酒と洒落込もう
そんな風に自ら言うまでには
三十年くらいかかってしまうから

無花果

あれはヤツデ？――いいや、あれは無花果。しばらくすると、美味しい実がなるよ。

その日からわたしは、来る日も来る日も無花果の葉の下で、もたらされる実りを待った。青空はくらくらする。陽炎のような誰かと遊んでさみしいよりも、空を切り取る緑の手と戯れる方が愉しい。葉をすり抜ける陽射しが肌を焼いて、体育座りの腿の内にまで汗を浮かべさせる。登校日は忘れたことにした。青空はまだくらくらする。よく何年も、そんな弱々の皮だけで生きてこれたね。無花果はようやく小さな実をつけてわたしを笑う。

やがて秋になり、青空がくらくらするのにも慣れた頃、大きな涙の形をした実りは抱かれた。太陽の名残を閉じ込めた皮は、経血の濁り色。べたつく果実を、小さな孔から引き裂いて割って、顔を埋めて。来年の実を待てないわたしが、今度は甘く熟す番だ。緑の手の中で、花咲かぬまま大人になる。

死の意思

祖母の葬儀のために
黒いワンピースを着た
未だ幼い三姉妹は
葬場に飾られた白い花を
葬送のために、次々と手折る

無心に百合の花を摘んでは
舞い踊るようなステップで
棺へと歩み寄り

手にした花を散らしながら
骸の周りを白く埋めてゆく

白と黒と、手折られた茎葉の緑
それだけに満たされた空間で
いとけない横顔たちは
生きることそのものに発光する
否、死が少女たちを輝かせている

ふと、一番年嵩の少女が
骸の下、棺の奥まで
手を取られてめり込んだ
死が、生命を抱きしめるように
生きることをいつくしむように

棺の蓋が閉ざされる

少女の手からいつの間にか外れて
失せたと思った水晶の数珠は
やがて、火葬の後に
真っ白な珠になって、
骸の側から見つかった

柔らかく　わたしのかたちにくぼむ、あなた

夕暮れ

いつもより多めに
夕暮れを溶かして
クリームソーダを飲んだ

青と赤と
まざりあいながら
胃の中へ、一日が沈んでいった

時間は過ぎるし、返事はないし

夕暮れがわたしの体に
溶けて、染みて
胸の奥まで夜が来たら

わたしはもう、あなたを待たない

真夜中を歩いていく
飲み込んだ夕陽に
突き動かされるまま

バニラが残るグラスを置いたら
そろそろ行こうか
お会計です

十五夜

来たくなかった夜の果てで
隣の人に
背を向ける理由が欲しくて

海側の窓の
障子だけを開けば

眼下に広がる海原は
月光のための光道を

一条、用意して両手を広げている

十五夜

月は頑是なく夜空に留まり
海との抱擁から身をよじる
やがて行われる朝の接吻から
必死で逃れようとしているのに

海は、どうして
月の光のためにただ尽くすのだろう
誰かが、誰かのために使う力はなぜ
うつくしく見えるのだろう

来たくなかった夜の果てで
窓越しの静けさを持て余す

十五夜

障子に指を突き刺せば
夜にまぁるく、穴が空く

隣の人に背を向けたまま
あと幾つ、波音を数えたら
あと何回、月の高さを測ったら
本物の夜明け

履く

そんな長い夜を
歩くつもりではなかったので
高いヒールで、来てしまった

ネオンの海を歩み
靴擦れを起こして
たどり着いた夜の果ては
いつ、どこだったのか
あるいは、どこにもたどり着かずに

朝を迎えたのか

夜の淵で砕けてしまった
ひかりの屑は
靴箱の隅で、深い色をしている

吸い寄せられて、夜を履く

久しぶりのヒールの底は
斜めに擦り減っている
あの夜、欠けてしまった
わたしのかかとが
傾いては不在を恋しがる

蛍

都会の真ん中で放たれる蛍の群れを
誘われて、見たことがある
ビルの屋上に広がる庭園で

（いつのことやら、夢のようだけれども）

人の都合で育てられ
人の都合で死んでゆく蛍たちが
黄色い求愛を披露する

あえかな光の、たしかなアイデンティティ
闇に眩しく輝くネオンほど
美しいとは思えないけれど
交尾を全うするためだけに
尾を引く灯はきれいだった

ほ、ほ、ほーたるこい

朝になればただの虫と間違えられて
打ち捨てられる都会の蛍に
生まれ変わる夢を見た、夜

（それは、小さな願いだったかもしれない）

誰かの都合で生まれ落ちて
貴方の都合で死ぬとしても
飛ぶ理由は明確に知らない
それでも行くべき方向へと

夜闇を必死にもがく姿は
全く美しくなどなくても
ゆぅらりと、欲に正直な軌跡が
少しはきれいに見えると　いい

ほ、ほ、ほーたるこい

目が覚めたら、朝の道端で命尽きた

小さな虫たちの骸を探そう
蛍として生きたはずの命を
（夢は夢、けれども、夢）

生まれ変われるのならば
あえかで、たしかなものに
愛し欲し生きることに
ためらわず飛ぶものに

銀河

銀河をお持ちしましたよー、ほら。高らかな声と共に、細い両腕に目一杯の大きさの星々を抱えて、君は私の前に現れた。金銀の煌めきが雪のように散り、赤青緑の光が迸る。銀河を持ってきたのは、まもなく私と同じ程の背丈になる、いつかどこかで出会うことを約束された未来の愛娘だった。銀河、ありがとう。どうして持ってきてくれたの。お母さんが作ってくれって言ったのよー、君は応えた。そう、私はいつか君にそんなことをお願いしてしまうのか。ごめんね、何かを強いるつもりも、そんなことを言うつもりもなかったの。そうは伝えたけれど、銀河って作るの大変だったんだよー、でもとても楽しかったの。君があっけらかんと笑うので、私は銀河を丁重に受け取ることにした。めくるめく光、光、光たちが渦を巻く。君が生み出した銀河の中で、丸い星々が生まれては冷え固まっていく。卵みたいね、と君は両腕で膝を抱えて微笑んだ。いつか会おうね、必ず会おうね。私は両端が裂けるほど口を開いて、君の作った銀河を飲み込んだ。胃が宇宙の塵で膨張し、新星が爆発する。子宮を彗星が貫いて、卵管に星屑が満ちた。銀河をお持ちしましたよー、ほら。羊水越しの君の声。ありがとう、次はどうか君のためだけの銀河を作って見せて。私と同じ程の背丈の君に会える何光年先まで、君の作った銀河を胎の内に温め続けることを誓うから。

呼吸の手習い

銃声のような産声がして、
娘は呼吸を始めた

吐くことも吸うことも
初めはうまくない
全部吐き出して、
震えながら、吸う
乳を吸えば呼吸を忘れ、
生きることに喘ぐ

飲むこと食べることも
一つ一つが新しい中
ふとした拍子に、
私の爪が
娘の柔い肌を滑って
一筋のひっかき傷を作った

娘は一瞬、息を吸い込んで
それから、ぐずり出す
そうだ、
痛みを叫ぶことさえ
少しずつしか
身につかないのだ

娘よ、いつか
誰かから不意にもたらされた
悪意のひっかき傷に呻くときは

呼吸をゆっくりと整えよ

まだおぼつかない呼吸を晒して
生きることに喘げ
生まれたてのように

赤子に倣うように
あるいは習うように
銃弾のような鋭さで

はじまりを吸い込んで、
吐き出せ
正当な、怒りを

蒲公英

きいろがだいすき、と言う君と一緒に
その花を摘んで
ガラスのコップに活けた

やがて、黄色はぽとりと落ち
花のあった場所には
生まれたての猫のように
触るのが怖くなるほど柔らかい綿毛

コップに半分の水だけで芽吹いた命に
敬意を持って茎を抱き、
もう片手で君の手を握って、外へ

大きく息を吸い込み
風に乗る種を
君の歓声と共に送り出そう
空を見上げて、何度、眩暈がしても

青空の果ての遠い未来まで
わたしたちの吐息が届くことを
その薄ガラスほどの不確かさを

信じて

羊

牧場に羊を見に行きましたら
どうしてか
近くにいた誰かが、
柵の向こうの羊たちの群れに向かって
私の名前を　力いっぱい呼びました
（まぁ、ありふれた名前ですから）

そうしたら、子羊が
めぇー、と大きく鳴きました

これはびっくり

あらあら、私
そんなところにもいたのですか

不意の呼び声に
力強く応える、命

これはひとつ、私も、めぇーと
鳴いてみることにいたしましょう
どこにでもいる
私という羊たちと、一緒に
ここにいますと
いつでも、返事ができるように

つばめ

郊外のとある駅舎の中、改札の近く
とても高いところに
つばめが、巣をかけている

階段下から、コンコースを長く飛び
改札前まで、せわしなく行き来する
駅員さんも、手の出せない高さ
雨風もなく、天敵もいない位置

見上げる先の黄色い声々に
思わず微笑して
駅中に点々と染みた汚れに
思わず苦笑する

あるものすべてを利用して
行われる命のリレー
人も鳥も、さして変わらないけれど

でもわたしたち、もう、あまり
増えることが出来なくなってしまった
都会へ行ったまま戻らない子どもたち
帰りの電車はガラガラだ

だからどうか上手く巣立って、
来年また巣をかけに来てほしい
わたしたちの生活のすべてに、
知恵を絞って入り込んでおいで

そしてわたしたちに、教えてほしい
簡単で難しい、その生き様のことを

郊外のとある駅舎の中、改札の近く
命の滑落と、落とし物に遭わないよう
そっと　祈りながら通り抜ける

履歴書

「昨日さぁ、京成線の踏切の
遮断機が降りた時にさ、
中に入ろうかなって思ったんだよね。
別に理由とかなくて
ふわって、
呼ばれた気がして」

ファミレスで
新たな道を志す君は

履歴書を書きながら
当たり前のように語る
屈託なく
なくなくでもなく

君が書いてるのは
何だったっけ
履歴書か
あ、詩か
いやいや、君の生き様と
メメント・モリ

手元のそれはすぐに書き終わり
君は席を立って

じゃーねー、と笑った
じゃーね
明日の予定を尋ねたら
バイトの掛け持ちだと言った

君、明日
どこ、行くんだろう
そして、それ
いつ、どこへ提出するの
よく考えたら僕は
君のこと、あまり知らない

ペンで一発書きでも
すぐ書き終わったとしても

決まり切った紙一枚に
書ききれないはずの君を
どこかで誰かがきっと、気にいる
僕みたいに

それくらいには、この世界を信じている
だから

今日は帰りに
君んちの近くの京成線の踏切を
通ろう
あんまり、君を
呼ばないでくださいって
お願いしておかなくちゃ

わたしの手が　あなたのかたちに、くぼむ

花の後先

ひらひらひら、ひら

舞いながら落ちてきた
桜のひとひらを食んだのです
楽しげにくるくると
あなたの頬の横を過ぎた、それを

舌の上に辿りついた
桜のひとひらは乾いていたのに

歯と歯の間で、音がしたのです
僅かに残る、命の水音が

ひらひら、ひら

にじっ、にじっ、とすりつぶし
桜のひとひらの最期の自由を
噛みしめて、飲み込んだのです
あなたの肩に　手を置いたままで

もっと遠くへ　行きたかったでしょうか
もっと遠くへ　行けるのでしょうか

ひらひら、

花であったことを忘れたひとひらが
血肉のひとかけらとなる頃には
あなたの肩から　手を離して
わたしという花びらも、きっと

ひらひら
　ひら
　　り

風の山頂

枯れ草は声を潜めていましたね
晩秋の夕暮れ

丘陵に登れば、足下は真っ暗
落ちた夕陽よりも明るいのは
山頂の公孫樹

あなたの肩越しに広がる夜に
くっきりと

夜の中でもわかるほどに
散る前の公孫樹は
黄色く、燃え立つのですから

わたしもなります

風の山頂にて
季節に烈しく燃えるものに
暗闇でも、遠くからでも、

あなたに
いろがわかる
ものに

賽の海岸

指先からこぼれ落ちた哀しみを、一つ一つ拾って、白い貝の中に押し込める。軋む貝殻がぱきん、と割れたら、次。砂浜は広いので、やがて哀しみの方が足りなくなる。空っぽの貝たちが積み上がる。潮風はびょぉびょぉと貝殻を鳴らして渡り、その音にぼくはまた指先から哀しみを落とす。

もしもし、賽の河原って聞いたことある？　あるある、ここがその河口なんでしょう？　貝殻に耳を澄ませば、金色の砂浜の向こうの送話口からきみが言う。哀しいね。そうだね、哀しみはなくならないから哀しみなんだね。きみの声が波音に紛れてゆく。きみに会える？　会えるといいね。

今度は指先から哀しみをこぼさないようにして、貝殻を拾って耳に押し当てる。びょぉびょぉと風の音ばかり。きみの声をさっき押し込めたはずなのに、どこ。空洞の貝たちを掻き回すと、指から血がこぼれる。点々と落ちる赤を、最後の一つになった貝の中に滲ませる。

もしもし、もしもし。きみ、どこにいますか。金色の砂浜に、哀しみはどれほど流れ着いているのですか。貝殻は血の色をした感情を吸っても、色を変えたりはしない。ぱきん。もしもし、きみ。すべて金色になるまで、あとどれくらいかかるかだけでも、教えてはくれませんか。

神無月の野

神様が留守にすると
秋は、素知らぬ顔で
その不在を誤魔化そうとする

金木犀を心地よく香らせ
萩の小さな唇を色づかせ
月に綺麗な化粧を施すので

秋風の手を取れば

目眩ばかり

神様がさぁ、留守なんだってさ　（ちゃんとお留守番できる？）

あの日、棚の中からくすねた
わたしという名の小さなドロップス

愛を与え　罰を与えるため
神様は作られたけれど
この世界に記録され続ける
わたしたちはきっと
今や、神様に哀れまれている
だから今でも、神様は時折
遠くの地へ出かけては

見て見ぬふりをするのだろう

誰でもなく、何者でもない
わたしがわたしになろうとする
途方もない野心を
秋は、見逃してくれるだろうか

　神様が、留守なんだってさぁ　（だから今のうちにね）

あの日のわたしと、ドロップスを取りに帰る
それだけ、それだけと言い聞かせて
神無月の野へ

一面のすすきを撫でる台風の前触れは

神様の不在を、必死に誤魔化している
雷、神鳴、雷
薄暮の野原には身を隠す場所もない
だからひた走る
神様だけでなく、過去にも、未来にも、
決して追いつかれないように

神様、（いても、いなくても、見て見ぬふりをしていてください）

秋風の手を取れば
目眩ばかり

ほんの少し、袖から
甘い匂いがする

雪の街角

前略
本日は名も知らぬあなたに
お手紙差し上げる次第です

あの日、雪の街角の
ブロック塀の先のところに
傘も持たずに佇んで
車に轢かれた猫の消えゆく温もりを
眺めていてくれた、あなたへ

死と同じくらいまで冷えながら
猫の最期の吐息と
くたり、とした尻尾の一振りが
薄く積もった雪にすぐ消える跡を残すのを
涙目で受け止めていた、あなたへ

わたしはその傍を、さくさく、さくさくと
ただただ転ばぬように
歩いて過ぎてしまったけれど

消えゆく命の灯が、わたしの魂に残した
小さな引っ掻き傷のような
けれど長らく消えない轍には

佇むあなたの影が、時折さして
凍てついた記憶に熱のない木漏れ日が
きらきぃらと眩しいのです

今度すれ違う時は、必ず
足を止めて、声をかけます
己の足下ばかりを気にするのではなく
寄り添い、見つめることができるように

いつかまた雪の街角で
お目にかかれますことを願いつつ
草々

ことば

おはよう、と四文字伝えるのに
だいたい、三十秒かかるだろう
読み取れない言葉なら
問い返して、もう一度

ある朝わたしたちが
持っていた方法を
残らず、失っていたとしたら

視力を失ったあなたと
聴力を失ったわたしは
どんな想いに囚われたとしても
最後には結局
手のひらに文字を書き合って
たどたどしく通じ合うだろう

あなたは見えない目で
わたしを探し
わたしは聞こえない耳で
あなたを聴く

簡単な言葉ほど難しい
限られた伝達の中で

互いの手探りで
ようやくたどり着いた
温かい手のひらに
時間をかけて指で書く

おはよう、と
問い返されたら、もう一度
何度でも

もどかしく、時間がかかっても
そんな言葉をわざわざ、と
言う人がいたとしても

繰り返される朝に

信頼と安心を形にして
時間をかけて結ぼう
何度でも

指から
　おはよう
　　おやすみ
　　　あいしてる
　　　　――手のひらへ

いつからか、短縮されるとしても
ときには時間をかけて
もう一度
何度でも

水明かり

右耳から
あなたの声がする、朝方

わたしの一番深いところにある
小さな泉の水面に
ゆらゆらと細波が走る

この身の内で震える
気がふれそうなほど

柔い、ひかり

右耳が
あなたの名残を留める、午後

小さく揺れる泉の淵から
水明かりの映る手で記す
あなたへ送るための
いとおしい静寂の名前を

願いではなく
祈りと
呼びたい

夜明け前

闇か青か
どちらなのか、見極められない
夜明け前

わたしは翅を畳んで
街の片隅に降り立つ

何の地縁もなく
かつては知らない街だった

時に立ち寄り、翅を休め、
何気なく喉を潤す
そんな場所の一つでしかなかった
この街が

番ったあなたの故郷だと
知ったのは、つい先ほど

偶然か必然か
どちらなのか、見極められない
そうであっても、そうでなくても
わたしの翅は
この街で静かに
役目を終えただろう

夜の間に産み落とした
小さくほの白い卵たち

やがて
道の途
闇と青の
街
の隙間
いたるところで

子どもたちは
夜明けに孵る

闇から青へ
あなたとわたし
薄明に溶けて

みなぎる朝の
ひかり

拝啓、わたし様

拝啓、わたし様
あの人に送り損ねたさみしさも
わたし宛ならいいでしょう

許せ、忘れろと
螺旋の向こうから
時折、声がするのだけど

これは、わたしの声なのでしょうか

話せ、
放せ、
離せばわかる

これも、わたしの声なのでしょうか

しまいには何の声も
しなくなるのだとしても

拝啓、わたし様
三年後からの明らかな返信が
今すぐ、欲しいのです

追伸、あなた様へ

夜中に手紙を書くときは
いつだって最後に
追伸、
と書きつけてしまう

言い残したことがあるのです
忘れていたことがあるのです
書きたくても書けなかった
真実を最後に、少しばかり

追伸、
あの仕事は片づけておきました
あの件はなかなか終わりません
あの子は相変わらず元気ですよ
あの日のことは忘れてください

追伸、
あいしていました
あいのようなものでした
あいしています
あいのようなものだとおもいます

筆圧を抑えて、さらりと記す

あなたへ
の
真実

伝わらなくても
読み飛ばされても
ちゃんと、書いておきます
最後に必ず

追伸、
あなた様へ
——朝焼けの地平より

■初出一覧

筆跡　「詩と思想」二〇二〇年十二月号　第二九回詩と思想新人賞

強い筆圧が作った　わたしのかたちの、くぼみ

黄色の先へ　（ウェブ掲載）二〇二〇年四月　日本現代詩人会　第16期投稿作入選

地平線　「月刊ココア共和国」電子版　二〇二一年四月

森　「OUTSIDER」:08　二〇二〇年十二月

刻の森　（ウェブ掲載）二〇二一年二月　日本現代詩人会第19期投稿作入選

ほどける　「OUTSIDER」:09　二〇二一年三月

刹那　「詩と思想」二〇二〇年五月号（投稿作入選）

死の意思　『いつか誰かにわたしの思いを』（永瀬清子生家保存会）第5集　二〇二〇年十月
第五回永瀬清子現代詩賞

柔らかく　わたしのかたちにくぼむ、あなた

夕暮れ　「月刊ココア共和国」電子版　二〇二〇年十二月

十五夜　「詩と思想」二〇二〇年十二月号（投稿作入選）

履く　「月刊ココア共和国」電子版　二〇二〇年十一月（原題「夜のヒール」）
蛍　（ウェブ掲載）二〇二一年八月　日本現代詩人会第21期投稿作入選
蒲公英　「月刊ココア共和国」電子版　二〇二一年六月
羊　資生堂花椿　今月の詩（ウェブ掲載）二〇二〇年三月
つばめ　「月刊ココア共和国」電子版二〇二一年二月
履歴書　（ウェブ掲載）二〇二一年二月　日本現代詩人会第19期投稿作入選

わたしの手が　あなたのかたちに、くぼむ
花の後先　『いつか誰かにわたしの思いを』（永瀬清子生家保存会）第4集　二〇一九年十一月
雪の街角　詩と思想研究会『POT』第1集　二〇二〇年十二月
ことば　（ウェブ掲載）二〇二一年一月　第22回白鳥省吾賞　審査員奨励賞
水明かり　「詩と思想」二〇二〇年十一月号
夜明け前　「OUTSIDER」Web（ウェブ掲載）二〇二一年四月
拝啓、わたし様「月刊ココア共和国」電子版　二〇二一年七月

＊　右記以外は未発表、本書のための書き下ろしです。

あとがき　―手紙―

いつだって、誰かに手紙を書いている。小学生の頃、又従姉妹と始めた文通。中学生の頃、親友と授業中に交換した紙切れ。字は汚くても、筆は速かった。たくさんの人たちとの、いくつものやりとり。返るものも、返らないものも、孵るものも、孵らないものもあった。わたしと同じように、ずっと誰かに（あるいは、宛先のない）手紙を書いている人もいるだろう。そうだ、わたしたちは、いつだって手紙を書きたい。届くものも、届かないものもある。それでも。

手紙は、相手に届けるものである以上に、読まれるためのことばを生み出すことがどうしても必要だと感じるからこそ、成し遂げられる行為だ。そして五月の紙飛行機のように、この手紙はあなたのどこかに着地する。決して自在に空を飛ぶことが出来るわけではないそれを受け止めていただいたことに、心から感謝したい。

プロフィール

雪柳あうこ（ゆきやなぎ・あうこ）

一九八一年、長崎県生まれ。
二〇二〇年、第五回永瀬清子現代詩賞、
第二十九回詩と思想新人賞。
二〇二一年、第二十二回白鳥省吾賞審査員奨励賞。

詩と思想新人賞叢書16

追伸《ついしん》、この先《さき》の地《ち》平《へい》より

二〇二一年十一月一日　発行

著者　雪柳あうこ
装丁　直井和夫
発行者　高木祐子
発行所　土曜美術社出版販売
〒一六二―〇八一三　東京都新宿区東五軒町三―一〇
電話　〇三―五二二九―〇七三〇
FAX　〇三―五二二九―〇七三二
振替　〇〇一六〇―九―七五六九〇九
印刷・製本　モリモト印刷

ISBN978-4-8120-2652-6　C0392